Floup regarde par la fenêtre. Oh! Il neige!

Vite! Floup court mettre ses bottes, son foulard et son manteau.

va faire un beau bonhomme de neige pour Petit Bob
qui a le rhume et qui préfère rester au chaud.

Avant de sortir, Floup prend sa pelle.

Il apporte aussi une carotte.
Ça fera un beau nez pour son bonhomme.

Dehors, les flocons virevoltent. C'est joli.

Floup tire la langue pour en attraper un.

Mais le flocon lui joue un tour et se pose sur son nez.

C'est rigolo de jouer dans la neige!

Au travail, maintenant! Floup prend sa pelle et pousse la neige pour faire un gros tas.

Mais… Hum! Il n'y a pas beaucoup de neige…
Pas encore assez pour un bonhomme.

Floup décide d'attendre qu'il y en ait plus.

Floup attend. Attend. Et attend encore un peu.

Mais la neige ne tombe pas toujours comme on veu

Floup touche le bout de son nez. Il est froid.

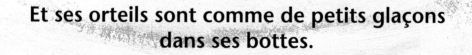

Et ses orteils sont comme de petits glaçons dans ses bottes.

Floup va bientôt devoir rentrer.
Et il n'a pas encore commencé le bonhomme
de neige qu'il a promis à Petit Bob!

**Courage ! Floup reprend sa pelle
et s'efforce de ramasser toute la neige qu'il peut.**

Mais il réussit à faire seulement un tout petit tas.

Petit Bob regarde par la fenêtre. Floup ne veut pas décevoir son ami. Alors, il se dépêche…

Il se dépêche tellement que… Bong! Floup fonce
dans l'arbre! Toute la neige accumulée
sur les branches lui tombe sur la tête.

Floup est fier de lui. C'est le bonhomme de neige
le plus drôle que Petit Bob ait jamais vu !

Catalogage avant publication de Bibliothèque et Archives nationales
du Québec et Bibliothèque et Archives Canada

Tremblay, Carole, 1959-

Floup et le bonhomme de neige

Pour enfants de 18 mois et plus.

ISBN 978-2-89608-082-3

I. Beshwaty, Steve. II. Titre.

PS8589.R394F563 2010   jC843'.54   C2010-940677-X
PS9589.R394F563 2010

Graphisme : Pierre David

Dépôt légal : 2010
Bibliothèque nationale du Québec
Bibliothèque nationale du Canada

Les éditions Imagine
4446, boul. Saint-Laurent, 7ᵉ étage
Montréal (Québec) H2W 1Z5
Courriel : info@editionsimagine.com
Site Internet : www.editionsimagine.com

Tous nos livres sont imprimés au Québec.
10 9 8 7 6 5 4 3 2 1

Gouvernement du Québec – Programme de crédit d'impôt
pour l'édition de livres – Gestion SODEC.

Nous reconnaissons l'aide financière du gouvernement
du Canada par l'entremise du Fonds du livre du Canada
pour nos activités d'édition.

Nous remercions le Conseil des Arts du Canada
de l'aide accordée à notre programme de publication.

Programme d'aide aux entreprises du livre et de l'édition
spécialisée de la SODEC.